KB016105

남이 되어가는, 우리

남이 되어가는, 우리

2019년 5월 8일 초판 1쇄 인쇄
2019년 5월 8일 초판 1쇄 발행

지은이 | 이진호, 김준호, 최진영, 이송령, 용하

인쇄 | 예인아트

펴낸이 | 이장우
펴낸곳 | 꿈공장 플러스
출판등록 | 제 406-2017-000160호
주소 | 경기도 파주시 회동길 301 (파주출판도시)
전화 | 010-4679-2734
팩스 | 031-624-4527
이메일 | ceo@dreambooks.kr
홈페이지 | www.dreambooks.kr
인스타그램 | @dreambooks.ceo

꿈공장⁺ 출판사는 모든 작가님들의 꿈을 응원합니다.
꿈공장⁺ 출판사는 꿈을 포기하지 않는 당신 곁에 늘 함께하겠습니다.

ISBN | 979-11-89129-30-9

정 가 | 12,500원

남이 되어가는, 우리

못난 꽃도 봄을 기다린다 · 이진호

글로 짓는 집 · 김준호

눈은 사라지는 게 아니라 더 깊이 스며드는 것 · 최진영

너를 안으려 발걸음을 멈췄다 · 이송령

가장 슬픈 계절엔 네가 없었다 · 용하

• 시인의 말

아직 할 말 남은 밤공기에
쉽사리 귀가하지 못했습니다

당신을 부탁하기에는
달마저 초라해보인 까닭일까요

아스라이 전한 말이라곤
온전히 제 탓밖에 없었습니다

못난 꽃도 봄을 기다린다

글

이진호

스스로 위로하려 쓴 시 덕분에,

당신을 이해하게 되었습니다.

instagram : @zyno_ob

불면증

절뚝이던 벽시계는
불을 끄면 중얼거렸다

모르게 엿들은 독백은
온통 어제의 모난 말뿐

달이 하품할 즈음에야
떫은 쉼표 하나 찍어내고

낱낱이 속 아린 것들은
눈과 귀를 깨우고 만다

그 작고 촘촘한 박자에
한숨으로 답할 순 없으니

어제와 오늘의 주변인은
문득 지쳐 잠들 수밖에

시 쓰는 밤

잘 가라, 작별도 못 한
어제의 가장자리

거뭇한 빛은 내리우고
떠 있는 건 낱낱의 잔상

그중 눈이 마주한 것은
포개어 침대에 쌓아두고

볼 빨간 단상은 부수어
꽃을 닮게 미화하는 밤

시 쓰는 밤이다

백색왜성

꿈이 찾지 않는 밤
우주선을 띄운다

간질거렸던 수성과
쌀쌀맞았던 화성,

작고 크고 달고 매운
백만 개의 별을 지나

찾지 못할 곳에서
툭, 교신을 끊었다

당신의 별은 잘 있어요
깃발 하나 꽂아두고

아메리카노

자몽 티와 닮은 당신은

어른의 맛이 궁금하다며,
종종 아메리카노를 주문했다

이윽고 머금은 커피는
두 뺨에 쌉싸름한 색을 띠고,

그 모습이 못내 귀여워
살포시 턱을 괴고 관조한다

그래도 소진아,
아메리카노는 마시지 말자

오롯이 쓴맛은
내가 대신 마실 테니

안부

훌쩍이는 플라타너스
큼직한 편지 하나 떨군다

대신해 읽었는지
창피한 줄 모르고
어깨를 들썩이던데

손끝은 뺨을 스치고
목소리는 아릿한 게
이윽고 네가 불어오는구나

아아 플라타너스, 네 눈물에
계절을 묻고 떠나야지

붉은 눈 피어오른
이 녀석 달랜 뒤에

궁궐 밖에서

세자들 밥 먹고 가

왕 닮아 손이 벗겨진 냄비는
바삐 바지락 된장국을 끓이고
나는 쌉싸름한 수라상을 든다

곰팡이로 칠한 복도를 지나
구태여 배웅하는 왕께서

세자들, 할아버지 제사 때 올 수 있지
그래 공부도 중요하지 아빠 갈게

뒷모습이 끝까지 초라해지고서야
왕관이 무거워진 그가 차올라
거듭 변기 물을 내린다

아버지, 대체 이런 왕이 어딨어요

벤치

문득 닿은 벤치엔
계절이 자리를 채우고,

흘린 낙엽을 닦아
담갈색 어깨에 기대어

군데군데 숨은
당신 웃음소리 도려내니

눈에 스치는 것 중
아프지 않은 것 없더라

나이테 늘어가는 시간에

간절

잃었다는 건
가졌었단 뜻인데
떠난다, 한 마디에
그런 줄로 알았다

손잡지 못한 건
내 초라한 까닭인데
손 흔드는 당신에
그런 줄로 알았다

옳았다고 생각한 것,
뒤도니 어릿한 명치는
긴 잔떨림 후에야
못 미더운 나를 탓했다

옆

당신 손을 잡으면
빼앗길 것 같았다

그렇게, 품에 넣기 좋았다

결핍

떠난 사람에 대한 결핍으로
자신을 가뭄으로 내몰지 않기를

메마른 땅에는 잡풀도 살기 힘들고
당신조차 편히 쉬기 힘들 테니,

불쑥 공허함이 방문하면
문을 크게 열어 함께 밤새 울고

문득 떠오르는 옛 생각에
너보다 좋은 사람 만날 거다,
씩씩한 미소 띠울 수 있기를

옅게 가꾼 당신 마음
곧 찾아올 단비가 짙게 스밀 수 있게

외눈박이

당신을 만나 우리를 알게 되고
감히 당신과의 미래를 그렸으니

제게 주셨던 건 도로 가져가세요
두 눈으로 흘리기엔 내 눈물이 많으니

재배

백일홍 하나 심었습니다

꽃잎이 떨어질 때
떠난 당신 잊겠노라고

꽃가루

당신을 만나,

내가 겪은 알레르기

낮나무

낮나무는 낮에 꽃 피지 않고
밤나무도 밤에 꽃 피지 않더라

소나무는 작지만은 않고
대나무도 꼭 크지만은 않더라

나 역시 이름 따라 누구에게
참, 넓은 마음 갖지 못했으니

나무나, 나나
이름값 하기 참 힘든 세상이구나

첫사랑

감상에 감성을 더해
시작한 우리의 겨울은

동화처럼 끝나지는 못했지만
할 말이 있어 편지 띄웁니다

첫사랑은 힘들다는 말
다 거짓말이라고,

눈꽃 같은 말로
당신을 힘들게 했노라고

그대 얼굴

피가 나도록
양치를 하는 것과

자란 수염을 깎다
베이게 되는 것은

잊었다, 하기엔
어느새 서로 닮아서

숨

밤하늘을 동경하던
지난 당신 생각에,

오늘도 한숨으로
뽀얀 구름 보탰습니다

이별

이별만큼은 함께하자
고한 작별에 마지못했습니다

당신이 시작한 사랑이라
끝도 당신 것이었는지도 모릅니다

툭 떨어진 당신 눈물에
과거로 애걸할 수도 없었으니

무어라 말도 못 한 채,
돌아오는 길은 참 길었습니다

작별은 당신과만 하면
끝이 나는 줄 알았는데

당신을 데려다주던 길에도
이별할 것이 참 많았습니다

눈

추락의 의미를 모르듯
온통 눈발이 흩날릴 때면
눈이 되고 싶었다

몽글몽글 당신께 떨어져
그대 어깨 토닥일 수 있으니

반딧불이

하늘에 멍이 들 땐

노란 연필로 편지를 썼다

전하지 못할 낱말 지워내며

꿈

깊게 품어둔 것
어디쯤 두고 왔는지

손에 쥔 것만 좇다,
잃어버린 듯했다

찾으러 돌아가기엔
시계 소리는 유난히 크고
봄은 남지 않았으니

그렇게,
어른이란 이정표 앞에
별안간 길을 잃었다

반려동물

중학교 이 학년 때
내 어린 욕심으로
고양이 한 마리를 길렀다

분양받은 아이라
분양이로 이름 지어 부르고

어머니는 낮잠이 많다고
또자라고 불렀던 막내였다

책임감 없이 귀여워하기만 하다
인사도 못하고 떠나보냈는데,

손가락 핥던 그 온도가
이따금 떠오르는 걸 보면
미안하다, 하기에 내 죄가 크다

앞에

노란 봄 뽐내는 꽃들 사이
풀이 죽은 자색 꽃 하나

보이는 대로 믿었기에
마냥 못난 꽃인 줄 알았는데,

이듬달 마주한 그 꽃은
보랏빛 독무대를 꾸렸더라

봄을 기다리고 있었구나
더 푸른 너의 봄을

평범한 하루

습관으로 굳어진 한숨은
무기력이 반, 단내가 반

충실하지 못한 삶이라
잠은 오늘도 지각이다

누워서 하는 묵상은
스스로 벌하기 좋은 일,

창문에 스치는 바람은
어린아이처럼 울고

마셔버린 커피는
벌써 떫은 향을 내니

내일을 내 것이라 하기엔
스스로 미안할 뿐이다

빚쟁이

이름을 담보로 나를 낳고
이름 대신 진호 엄마로 불린 김미숙 씨와

청춘을 대출해 나를 먹이고
아빠란 직업으로 살아오신 이병선 씨께

어렸을 적 제게 건강하게만 자라라,
하셨던 말씀 기억하시는지 모르겠습니다

그 말씀 단 하나 지켰는데
못난 자식, 감히 부탁 하나 드리려 합니다

아버지 어머니 건강하게만 살아주십시오
못난 아들은 아직 빚이 참 많습니다

통과

나는 누구인가

시인이라 하기에는
빈방 처량히 앉아
혼자만 슬픈 시만 썼으니
얼핏 이마를 스친 문장에
무어라 답할 수 없었다

나도 봄 향기 물씬 나게
씩씩한 문장으로
사람들에게 감동을 주고
어떤 부당함에 대해
당당하게 호소하고
빛바랜 부끄러움 들춰
스스로 꾸짖고 싶지만

미움받는 것과 잊히는 것과 버려지는 것이 두려운
나는 괘씸한 언어장애인이다

무모

우리가 서로의 시간에 살기로 한다면
손에 물 한 방울 묻히지 않겠다,
라는 말보다 다른 약속을 하고 싶다

조촐히 라면을 끓여 먹더라도,
나는 라면의 물을 맞추고
양파와 파를 썰어 넣을 테니

당신은 라면 스프 털어 넣고
달걀은 반숙으로 끓이자는 것

물을 맞추지 못하는 당신과
나는 항상 달걀은 터뜨리고 마니

비록 라면 한 그릇일지라도
서로를 위한 식탁을 만들자는 것

안됨

부모님껜 의젓한 아들
동생에겐 듬직한 형
여자 친구에겐 좋은 애인
친구에겐 자랑스러운 친구

하나도 이루지 못한 안 될 놈

싱숭생숭해

당신의 말은 하루를 메웠고

잔잔하지는 못했다

꾀꼬리

아빠 꾀꼬리는
우는 것도 못해서
눈물은 마른하늘에 닦았다

소리 내어 맘껏 흘리기엔
아마, 땅이 좁았을 테니

가시

사람을 처음 잃었을 즈음
턱에는 가시가 박혔다

온전히 두기에는
스스로 가엾게 여겼기에

불그죽죽 모질게 깎아낸
그을음은 항상 내 것이었다

낡은 달력을 버릴수록
억센 가시는 늘어났지만

몇 포기 자란 미련일랑,
깎아내는 것이 어렵진 않더라

어느새 어른이 된 까닭으로

선풍기

선풍기를 보고 있자면
나와 당신 생각이 들었다

불쑥 식어버렸던 당신,
멈추기엔 아직 뜨거웠던 나의 바람

아침

익숙한 오후 두 시

책상 위엔 방전된 노트북과
반쯤 비어버린 맥주 한 캔

과거에 두고 오지 못한 어제는
몸을 일으키는 작은 동력,

방문을 연 뒤 보이는 식탁엔
오늘 햇볕을 머금은 계란찜

못난 아들에게 선물한
어머니가 두고 가신 아침

지우개

사랑을 쓰려거든 연필로 쓰라던 옛 노래,
차라리 펜으로 썼으면 구겨서 버렸을 텐데
지우개 똥이 이렇게 많이 나올지 몰랐지
어설프게 사랑하다 내 이럴 줄 알았지

글로 짓는 집

김준호

당신의 눈길이 머문 그 자리

그곳의 온도가 차디차도

제게는 아랫목입니다.

instagram : @honorkaras

꽃가루

세상 예쁜 것이
어디 너 하나랴

너로 인해 예뻐진 것이
얼마나 많은데

낮나무

한 그루 쓱싹 베어내니
밤이 길어졌다

그는 분명,
낮이 주렁주렁 열리는 나무였나보다

첫사랑

피지 않은 꽃에서
향기가 난다

여전히

그대 얼굴

드넓은 바다는 하늘을 와락 안는데
나는 웅덩이라
그대 얼굴 하나도 안아주지 못하네

숨

폐가 숨을 쉬니
산소가 들어왔고

뇌가 숨을 쉬니
그대가 들어왔다

이별

모든 걸 다 주고 바닥에 찌그러진 저 깡통이
오늘따라 하염없이 부럽네요
그는 이제 다시 태어날 수 있을 텐데
저는 오늘이 마지막이거든요

저에겐 내일이 없거든요

무모

내게 오는 너의 무모한 걸음에
내 사랑이 보답이 될 수 있을까

만약 그렇다면
얼마나 좋을까

그대 무모했던 걸음걸음이
분명 헛걸음이 아닐 텐데

옆

그대가 웃어야 나도 웃는다는 말로
부담 주고 싶지 않아요
그러니 힘들 때는 힘내려 하지 말아요
마음껏 힘들어하고 슬퍼해도 돼요

그대가 내 옆이라서 난 늘 웃을 수 있어요

반려동물

우리가 내민 손에
그는 손을 내미는데

그가 흔든 꼬리에
우리는 손을 흔드네요

싱숭생숭해

봄이 오니 괜스레 마음이 싱숭생숭해진다

새봄은 너를 두고 이번에도 벚꽃만 데려오겠지
너와 함께했던 낡은 봄이 그립다
그 봄은 너도 데려왔었는데

재배

자갈과 바위 사이 빛 그리운 메마른 흙에
잡초들이 엉키어 서로 머리채 뜯고 있는 이곳에
나는 감히 그대를 심었네

바람과 추위를 견뎌야 하는 이곳에
나는 참말로 그대를 심어버렸네

모진 풍파를 견디고 가지 끝 서러움을 이겨낸 그대
홀로 향기 터트리고 오롯이 그대 힘으로 장미가 되었네
내가 한 거라곤 이 못난 가슴에 그대를 심은 일

그대가 홀로 꽃이 되었네

결핍

가득 차 있는 게
얼마나 불안한 건지
그대는 몰랐으면 합니다

벌써,
알고 있다면 내가 많이 슬플 거예요

나 몰래
결핍을 만났으니까요

궁궐 밖에서

게 아무도 없느냐
침묵을 깨는 외침에 궐 안이 화들짝 한다

부르셨습니까

지금 궐 밖으로 나가봐야겠다
그러니 가마를 속히 준비하라
궐 안에 내 귀가 당나귀 귀라는 소문이 자자하다
어떤 자가 그런 소문을 내었는지는 몰라도
내 그자를 내 손으로 반드시 잡아 들여야겠다

감나무에 걸린 달도 왕의 외출을 위해 길을 밝힌다

왕은 야밤에 궐 밖으로 나섰다
방안에 깨끗한 거울을 두고 저 멀리에 있는 그놈을 치러

평범한 하루

이른 아침 하루를
너에게 건네고

늦은 밤 지쳐버린 하루를
달에만 건넸다

그래야 했다
마음이 그러라 했다

안됨

50cm를 뛰는 메뚜기를 잡아다
30cm 유리병 안에 가둬 구멍 뚫린 마개를 닫는다
처음엔 있는 힘껏 50cm를 뛰더니 마개에 부딪히고 알게 된다 또
50cm를 뛰었다간 부딪히게 될 거라는 걸
그렇게 점점 40cm, 35cm, 30cm 점프 높이를 줄여가게 되고
부딪히지 않는 높이에 도달하면 그만큼만 점프를 한다

그리고 메뚜기를 유리병 밖으로 다시 꺼내면
그 메뚜기는 유리병 밖으로 나와서도
30cm 근처밖에 뛰지 못한다는 사실
이때 메뚜기가 다시 50cm를 뛰기 위해서 필요한 건
노력도 격려도 응원도 아닌 다름 아닌 실수라는 걸
어른들은 알까?

아침

피곤해도 피곤하다
그대에게 말 못 해요
행여 그대 하루가
파랗게 물들까 봐요

오늘도 그대 하루는
붉은 장미를 피워야죠

지우개

지우개가 있는 거 보면
어쩌면 모든 글은
지우려고 쓰는 거 아닐까요

지울 생각 없었다면
그대 귀에 조용히 속삭였겠죠

사랑한다고

빚쟁이

섬진강 하구에 위치한 작은 어촌마을
그곳에 삼 형제를 위해 젊은 날을
모두 써버린 어머니가 계신다
젊은 날을 모두 써버린 어머니가 치러야할 대가는 가혹했다
어머니의 이름을 앗아갔고
어머니의 눈과 입의 즐거움을 빼앗아갔다

준호 엄마, 태호 엄마, 대호 엄마
준호 옷, 태호 옷, 대호 옷
준호 좋아하는 거, 태호 좋아하는 거, 대호 좋아하는 거
어머니는 지금도 혹독한 이자를 갚고 계신다
단지 우리의 어머니라서

황보 선숙 어머니, 이제껏 밝혀준 아름다운 세상
이제는 어머니의 삶을 밝혀드릴게요 사랑합니다

외눈박이

흐려져 가는 초점에 한눈을 찡그린다
이는 선명하게 보였던 걸 희미하게라도 보기 위함이다
그마저 아스라이 멀어져 사라져가면
나머지 한 눈도 조용히 감아야 한다

잃기 싫을 땐 버려야 하는 법이다

두 눈을 모조리 감는다는 건
다신 보지 않겠다는 것이 아니다
담아두었던 걸 꺼내어 보겠다는 의지다
정말,
잃기 싫다는 것이다

벤치

가장 깨끗한 것을 내어준 그에게
우리는 보잘것없는 것을 내밉니다

이별마저 온기라 하는
그
여전히 그 자리를 지키는
그

세상은 너무나도 모질게
마음을 다한 그에게만 가혹합니다

가시

꽃이 좋아

꽃을 멀리했다

내게 가시가 많음으로

선풍기

모질게 밀어냈지만
떠날 수 없었다

그땐,
너무 뜨거웠기에

간절

달에게 빌었어요

달,
너 아프지 말라고

불면증

잠을 못 자는 게 아니다
잠 대신 너를 택했다

너라는 깊은 잠을

통과

톨게이트 입구를 빠르게 지나쳤다

하이패스가 생긴 이후로
긴 줄을 서 정산하던 옛 풍경은 이제 찾아볼 수 없다
까르르 구르던 동전 소리도
안전운전을 권하던 입김도 당연히 없다
남은 거라곤 어디론가 바삐 가는 쉬잉 정도만

500M 앞 톨게이트 출구가 보인다
파란색 하이패스 존에 차를 맡긴다
차가운 단말기 음성이 흘러나온다

딩동 한 사람을 통과했습니다

꾀꼬리

옆집 예서가 중간고사를 마치고
집으로 돌아와 펑펑 울고 있다

안부

그대

안녕이라 말하고

안녕이라 말을 거네

아메리카노

불 끄고 이불 속에 고단한 몸을 뉘었을 때,
때마침 걸려온 그대 전화 한 통에
몇 시간 째 휴대폰을 붙들고 있는 걸 보면

그대 목소린 마치
귀가 마시는 한잔의 아메리카노인 게 분명하다

눈

그리움에 눈이 오기엔
그대는 여전히 너무나 뜨겁습니다
그대 생각 스치면 눈가가
그대 얼굴 그리면 두 뺨이

제 그리움에 눈은 언제쯤 내릴 수 있을까요
눈물 없이 여린 미소 짓고 그만일 함박눈이
도대체 언제쯤이면 내릴 수 있을까요

반딧불이

고작 밝힌 게 그대 앞인데
그대 눈 하나 멀게 하지 못했네

공중에 뜨거운 마침표 남기고
차츰 식어가네
서서히 말라 가네

꿈

사랑하는 이가 떠나는 꿈을 꿨습니다
아무리 매달려도 내 곁을 떠나가는 꿈

슬프지만 이 꿈은 분명 길몽입니다
못난 나에게 시간을 되돌려준 기회의 길몽입니다

앞에

한 발 뒤로 물러서면

그대의 뒷모습이 보여요

그리고 그대가 바라보는 것들이 보여요

그러니까 그대의 뒷모습과 그대가 바라보는 것들이 보여요

그러나

그대는 그대를 안쓰럽게 쳐다보는 나를 볼 수 없어요

그래서

앞에 있는 그대라도 부럽지가 않아요

시 쓰는 밤

대표작이 나그네였냐고 물어오는 질문에
박목월 선생님께선
'아니, 오늘 밤에 쓸 거야'라고 답을 주셨다고 한다

이 일화를 듣는 순간 주변을 환히 밝히던
빛이 점차 사그라들었고 싸늘한 냉기가 온몸을 감쌌다
어렴풋이 구석에 웅크린 사나이가 보였다
예고 없이 떨어진 별똥별에 귀를 얻어맞고
신음하는 사나이였다

굉장히 아파서 부끄러운
별도 달도 마주하기 힘든 그런 밤이다

백색왜성

그대 앞에 두고
밤하늘 바라보니
별도
달도 참 예쁘다

그대 앞에 두니

눈은 사라지는 게 아니라 더 깊이 스며드는 것

≡

최진영

세상의 모든 만물이 신께서 주신 시제라고 생각하며

그 언어를 읽고자 노력했습니다.

다행히도 제 노력을 가상히 여기셔서

여기 이 책에 저의 눈을 담았습니다.

instagram : @alquimista192

벤치

당신의 다리를 쉬게 하려고
늘 이 자리 이곳에 서 있습니다

간절

정말 간절했다면
망설이지 않았다

넌 간절하지 않았다

옆

옆길로 샌다고 하지 마세요

제겐 정면입니다

결핍

너무 적은 돈
너무 적은 꿈
너무 적은 학력
너무 적은 일자리
너무 적은 시간
너무 적은 만남
너무 적은 사랑
너무 적은 친구
너무 적은 여행
너무 적은 행복

너무 적은 나

외눈박이

하나밖에 없는
눈을 잃을까 두려워
주변을 살피며 살았더니

지금껏 살면서
내가 봤던 것 중
기억나는 것들은
위험한 물건들 뿐이었다

재배

할머니의 생신
잘 자란 곡식들이 씨앗들 데리고
옹기종기 텃밭에 모였네

땅 갈고 물 주며 애지중지 키운
씨앗들이 어느덧 자라
자기 작물을 뿌려 재배하려 하네

불면증

내 방 안에는 온기도 없고
어둠만 한가득 들어차 있습니다

이불 말아 쥐고 눈을 감지만
여전히 잠은 오지 않습니다

내게 내일은 있으나
내일 무엇을 해야 할지
모르고 있기 때문입니다

그런데도
억지로 잠을 청하는 것은
다행히도 아침은 오기에

어둡고 온기 없는 이 방 안도
내일이 되면 온기로 가득 차고
빛만 한가득 들어차 있으리라
나는 알고 있기 때문입니다

시 쓰는 밤

시를 쓰던 밤
문득, 문단 선배의 물음이 떠올랐다

-네 시가 누군가를 살릴 수 있겠냐?

나는 우물쭈물 대답하지 못했고
선배 또한 더는 묻지 않으셨다

내 시가 누군가를 살릴 수 있을까?
나는 내게 다시 물었고
목월 선생님 말씀에서 답을 찾았다

오늘 밤에 쓰면 된다고
오늘 쓰일 것이라고

백색왜성

백색왜성 LSPM J0207+3331
지구에서 145광년 떨어져 있는
우주의 심장

수명이 다한 별은 죽어가면서도
열과 물질을 우주로 방출한다는데
나는 왜 지구 한편에 서서
식어가기만 할까?

아메리카노

뜨거운 우주가 고요하게
머그잔에 담겨
은하수를 뿜어댄다

싱크홀에 빠진 블랙홀처럼
빨려 들어갈 것 같은
검은 눈동자

나는
입가로 가져와 검은 피를 삼킨다
별이 거치적거린다

안부

산과 산 사이의 끼인
산등성이 선상의 낮은 부분

말 안장처럼 생긴 안부는
산을 넘는 교통로로 사용했고
사람들은 그곳을 고개라 불렀다

떠나가는 사람과의 작별을
최대한 늦출 수 있는 곳이었다

궁궐 밖에서

궁궐 밖에서
궁궐 안을 보려다
반사되는 유리창 빛에
눈이 멀어버렸다

궁궐 안을 그려보다가
궁궐 안에 있는 사람들도
눈이 먼 사람들이겠구나 싶었다

어쩌면 눈이 멀어버려
출입구를 찾고 싶어도
찾지 못하고
갇혀 있는 건지도
모르겠다는 생각이 들었다

눈

사람들에게 밟혀
녹아가는 눈을 보며
더는 슬퍼하지 않기로 했습니다

눈은 사라지는 게 아니라
더 깊이 스며드는 것이라
그렇게 믿기로 했습니다

반딧불이

제가 천적의 위험을 무릅쓰고
밝히는 건 어둠이 아니라
당신이 내게로 오는 길이에요

서두를 건 없어요
두려워 말고 천천히 내게로 와요
밤이 끝날 때까지
나 여기서 당신의 등대가 될게요

꿈

꿈을 이루지 못했다면
그 원인은 분명 내게 있는데

난 꿈을 이루지 못한 이유를
매번 다른 곳에서 찾는 것 같다

반려동물

당신의 발소리만 듣고도
당신을 알아봐 주는 존재는
세상 어디에도 없을 겁니다

앞에

저만치 앞에 있는 걸 보다가
항상 제 발 앞에 있는
돌부리를 못 보고 넘어진다

번갈아 볼 줄 알아야 하는데
매번 걸려 넘어지고
무릎이 까지고 나서야 보인다

평범한 하루

평범한 하루란 없습니다
선물처럼 주어진 하루를
평범하게 생각하는
당신이 있을 뿐이죠

아침

아침을 맞이할 때마다
우리 조금만 더 사랑하자

오늘이 마지막이더라도
널 가장 사랑했던 날이
오늘이 되도록

지우개

너는 기억하겠지
내가 쓴 글들이
너에게 묻어나왔으니

가시

그거 아세요?

저도 당신을 안아줄 수 없다는 거

선풍기

고개 돌아가는 순간
우린 끝이야!

꽃가루

삼촌!
우리 엄마는
봄의 전령사예요!

엄마가 에취! 하면
봄이 오거든요!

낮나무

낮이 열리는 나무가 있다면
너를 안고 싶을 때마다
열매를 따고 싶다

어서 밤이 오도록

첫사랑

너무 어렸을 때고

시간이 오래 흐른 뒤라

너의 이름

너의 얼굴

너와의 추억

어느 것 하나 떠오르는 게 없지만

단 한 가지 확실한 게 있다면

내 심장을 처음으로 뛰게 한 사람이

바로 너였다는 거

그거 하나는 분명히 기억한다

그대 얼굴

당신이 너무 보고 싶을 때면
늘 하늘을 보며 말을 걸었습니다

그대 얼굴을 보고 싶을 땐
다른 친구들의 엄마 얼굴을 봤습니다

그때가 좋았습니다

돌아가신 게 아니라
도망가신 거라는 말에
사막처럼 울었습니다

당신을 그리워했던
어린 시절의 내가
죽었으면 좋겠습니다

숨

너무 힘들어서
죽을 것 같은 날에도
숨은 쉬어진다

잠든 순간에도
살겠다고
아등바등 숨을 먹는다

내 숨결의 배설이
너무 지독하다

이별

언제가 마주할 이별이
지척에 있다면 그것만큼
괴로운 것이 없다

같은 공간, 같은 시간 속에
함께 있지만 다른 세월 속에
우두커니 남겨져 있다

이별의 아픔이
먼 훗날이기를 간절히
하나님께 기도해 본다

할머니, 건강하세요

빚쟁이

삶에 저당 잡혀

시간에 빚을 내서

하루…

하루를…

갚아야지만 살 수 있는

빚쟁이처럼 살고 있지는 않은지

통과

세상이란 문은 있지만
열쇠는 주인에게만 있어서
우린 주인이 원하는 대로
투견처럼 싸울 수밖에 없다

용광로 같은 겨울은 모질고
문을 통과하지 못한 개들은
야생에 떠돌다 굶어 죽으니
같이 태어난 자들을
물어뜯을 수밖에 없다

아파도, 참아야 한다
가까이 가야만 주인을 물 수 있으니

무모

나는 단 한 번이라도
무모한 적이 있었던가

안됨

글 쓰는 일을 하면서 살겠다고
굳게 결심해놓고
가장 먼저 하는 일이
포기하기 위한
이유를 찾는 것이었다

글 잘 쓰는 사람이 얼마나 많은데
어디 가서 이만큼 월급 받기가 쉬워?
곧 서른이야, 굶어 죽으려고 작정했어?
글은 아무나 쓰나?
난 안 돼

싱숭생숭해

너만 보면 싱숭생숭해
마음은 늘 뒤숭숭하고

맞아, 너에게 고백하려고 해
그래서 내 마음이 이런가 봐

너만 보면 들뜨고
어수선하고
갈팡질팡하는 거
주변에 남자들 많아서
불안해하는 거
이제 그만하려고

사랑해, 태연아

꾀꼬리

어린 시절 숨바꼭질하다가
정말 못 찾겠으면 외치곤 했다

못 찾겠다 꾀꼬리
신발 벗고 나와라!

근데 지금은
어디로 숨었는지 진짜 못 찾겠다
숨바꼭질하는 아이들을

너를 안으려 발걸음을 멈췄다

이송령

늘 함께 있을 줄 알았던 것들에

참 많이도 소홀했던 시간 앞에서

급하게 브레이크를 밟으려 합니다

instagram : @songlinglee

빚쟁이

손을 놓은 건지
손에서 놓친 건지
점점 멀어져 가는 마음같이
다시 잡지 못 할 그 빛

손을 내밀어
허공에 있을 수많은 빛
하나라도 잡힐까
이제 알 것 같은 그 빛

통과

방탄복을 입고도

서로 많이 아파했다

무모

전할 게 많이 있는데
닿지 못할 곳이라
택배로 보내도 되나요

안됨

아무 말해서는 안돼요
함부로해서도 안돼요
됨됨이는 늘 부정적이었다

싱숭생숭해

아낌없이 받았던 사랑
남김없이 네게로 가려할 때
못난 자신을 보았다
머물러 있는 것이 없다는 걸

노력해도 모자랄 사랑
있는 거 없는 거
바닥날 때까지 긁어모을 수 있으려나
언젠가 다시 스칠 때 남아 있을
그대여

꾀꼬리

무엇이 됐던

아픈 기억으로

남아 있을 추억 하나

들통난 숨바꼭질

못 찾겠다

벤치

그저 나누고 싶었다
넉넉하지 못하더라도
오손도손 도란도란
웃음기 흘러넘치기
발라당 하하하

숨

애써 지웠던 생각이 다시 탯줄을 찾는다
숨 쉬고 있는 한 무한 재생의 힘을 갖췄다
들이마시는 공기에 갸우뚱갸우뚱
생각이 노크한다

간절

말에 귀가 달리지 않아

말귀를 못 알아듣는다

귀창(窓)을 파주자

꿈

열심히 살아왔다는 사실과 함께
우리는 지금도 꿈을 꾸고 있다는
사실을 알아야 한다
진정 내가 달려간 곳
끝자락에서 비로소 꿈을 깨는 것이다
삶의 가치란 단어에
얹어 놓은 사연들이 사라지고
진정 내가 내려놓아야 할 것들에 대해
안녕이라고 가벼운 인사를 나눌 수 있는
용기가 필요하는 순간임을
꿈이 멈춘다는 게 사실임을

불면증

기억 상실증이라도 걸렸나
오라는 잠은 코빼기도 보이지 않고
오지 말라는 네 기억은
어찌 이리도 선명 하단 말이냐
나보고 어쩌란 말이냐

아메리카노

마음을 숨겨둔 채

뜨거운 열정으로

내 세상을 엿보려 하는 너

네 세상에 갇혀 널 보는 나

진심과 진심이 마주하는 순간

취해버렸다

이별

아픔을 참아야 했다면
다신 내게로 오지 마라

아파도 만나야 한다면
내게로 와서 안아주라

옆

앉으나 서나
당신 곁의 사랑을
확인하세요
있다가 떠날
우리 곁의 사랑을

외눈박이

눈 밖의 세상과
눈 안의 일상이
너무도 싫었다
비틀비틀해서
균형을 찾느라
모든 걸 버리고
가벼운 마음에
한눈 팔아본다

첫사랑

언제까지 설렐까
처음이란 단어에 늘
두근두근 바라보는
우리 눈빛

설렘이 사라지고
그리움을 쌓아놓고
천근만근 느껴보는
그때 우리

눈

닿을 수 없었다고 믿었던 곳
내게 닿고 나서 눈물 터졌다

반딧불이

어둠을 밝혀주는 그대는 내게
한줄기 빛이 되어
비상을 하며 희망을 깔아놓고
한시름 놓게 하네

반려동물

비어 있지 못할
빈자리와 빈틈

백색왜성

꽃에
꽂혀
꽂아
외쳐

너무 쳤다
넘쳤다
놓쳤다

안부

언제 목줄을

풀어줄 거니

평범한 하루

잡초야 안녕 꽃들아 안녕
잡초와 꽃들이 나를 반긴다
들리지 않는 목소리에
마음을 주고 키스를 했다
그늘에 업힌 그림자
보이지 않는 것들에
손잡고 달려가는
하늘과 땅 사이
콩닥콩닥 마음이 뛴다

꽃가루

너란 늪에 빠져

꽃가루만 뿌리는 내겐

사랑은 늘 이벤트였고

서프라이즈였다

재배

엄마 냄새 맡고 싶어 파고든다
눈 감은 채 끙끙 앓는 성장통
잡고 있던 품을 놓는다
배신에 가까운 새 길에 힘이 벅차오른다
너를 품고서

앞에

눈부신 햇살처럼

눈앞에 나타난

내 삶의 햇살

너

그대 얼굴

구석구석 돌아다닌다
슬금슬금 기어오른다
해롱해롱 피어오른다

결핍

모자라서 죄송합니다
거지가 된 듯 주눅 들 때가 있습니다
기본을 갖추고 기분을 감췄습니다
그 어느 누가 못났으리
속에 들어있는 거지
알랑가 몰라

선풍기

전원을 뽑을 땐
그대 곁에 머물 수 있어서 좋고
전원을 꼽을 땐
우리 마음 달랠 수 있어서 좋다

지우개

헤어진다고 지워지랴

계속 본다고 채워지랴

흔적을 먹고사는

지우개 똥은 왜 구리지 않고

나만 울리는가

가시

가시기 전에 혼내 둘 걸
가시거든 혼자 가시지
못다 한 이야기 홀로 두고
어딜 가시나요

시 쓰는 밤

잠든 시
깨우는 밤
무엇을 찾아
누구를 만나
어떻게 줄까
잡고 있는 줄거리
늘어놓고 여기저기
잠든 시가 몽유 중이다

잠든 밤
깨어난 시
엄마 잃은 숨소리
창가에 기대어
바라보는 곳곳에
이슬 맺힌 메아리
있는 힘껏 길을 뚫고
깨어난 시가 내게 안긴다

아침

깨우지 마

더 자고 파

게으른 날

엿 먹이고

활짝 웃는 아침

낮 나무

안쓰러워하던 나날

정신 줄 놓으려 할 때

버팀목이 되어준

약속이 스치며

서로의 그늘 아래 묻어둔

편지를 읽는다

뚝…

뚝…

궁궐 밖에서

전부를 줘도 끝 모를 사랑이
언제쯤이면 한숨 돌리려나
받고만 살던 나날 자식 품고
궁궐 밖을 나서며 엉엉 울지도 못한 채
떠난 길의 손길만 길어지며
도착할 길은 짧게만 다가오네

가장 슬픈 계절엔 네가 없었다

≡

용하

잊지 못해 잊지 못한 우리 읽혀지길

그대와 함께한 그때의 자국들

아팠어도 슬펐어도 기억 추억 되게

instagram : @yongha_space

첫사랑

닿지 못해서

닫지 못했어

선풍기

그리움에 두리번두리번
회전하며 갈팡질팡한 마음
돌고 돌다 그 어느 계절에
한 번은 네 생각 날갯짓한다
우리 인연이라면 꼭 한번
바람이 불겠지
미풍이 됐던 강풍이 됐던

이별

이별이 아프다고들 하죠

이 별에서만 가능해서 그런 거래요

이 별 아닌 별은 이별할 수 있는 사랑이

무소식한 곳뿐이잖아요

사랑을 기대조차 할 수 없다면

그게 진짜 아픈 거래요

그러니 아파도 사랑하세요

이 별이라 꼭 반드시 이뤄질꺼니까요

옆

그녀의 옆에 자리를 하고선
앞사람과 몰두한 이야기 꽃에
슬쩍슬쩍 그녀의 턱선을 본다

그리고 속눈썹 콧대 입술까지
그러다 마주친 눈빛에 눈웃음

그런 네게 전해주고 싶은 마음 하나

언제라도 곁에선 내가 있음을
시선이 닿는 곳 어디든 나는 있음을
그저 고개 한번 돌리면 알 수 있음을

마주하면 알 수 없는 그녀의 옆에서
눈웃음 띈 그녀의 표정을 보고서야
전해주고 싶던 내 마음이 다짐되었다

시 쓰는 밤

내 시간의 절반은

당신과의 시작과 끝이

전부입니다

우리의 추억을 써 내려간

가장 뜨거운 매일은

어두워서 서로를 더듬던

손끝 열기 있던 그때였는데

지금 이 밤 당신을 쓰고 싶네요

흑심으로 잔뜩 채워서

당신과 한 편의 행과 열을 꿈꿔요

아메리카노

당신 꽃 같아서
내 맘 꼭 같아요
당신 주문한
아메리카노
시럽을 넣더라도
나도 아메리카노

반딧불이

미세먼지 넘치던 날
날 걱정하는 당신이
마스크를 선물했다

그날은 세상이 온통
반딧불이 밝혔다
미세함 없이

싱숭생숭해

아무리 함께 해도
가슴이 진정되지 않는다
손을 맞잡아도 키스를 해도
꼭 한 번은 떠날 것 같은가 봐
그래서 널 닮은 천사가
세상에 있어야 하는 건지 모르겠다
자기야 할 말 있다
내 아를 낳아도

순풍순풍

그대얼굴

내 얼굴 웃음꽃

설레는 마음 봄비

맑게 뜬 행복지수

내 검은 눈동자

그대 얼굴 바라본

그날 후

나는 야후

숨

생각해 봤다
모든 것에 숨을
불어넣기 시작한 시점이
언제부터였는지

당신 사랑한다고 내 속내를 시인했던
그 순간부터 숨이 멎을 것 같아
지금껏 곳곳에 숨을 불어넣은 것이라고

사랑하면 모두가 시인으로 살아간다

결핍

있었던 이야기를 풀어내는 것
그거 생각보다 쉽지 않아
아픔이 많을수록 또다시 그때로
돌아가야 하니깐
또 한 번 아프긴 너무 나약해졌거든
그대 눈에 넣어도
여전히 아프지는 않은데
풀어낼 방법을 모르겠네요
다시 돌아갈 수 없는 소설 같은 이야기를

지우개

네게 품던 흑심

꽃 가꾸고 싶었을 때

다듬고 보듬고 나를 깎고 나서야

지워지지 않을 마음 고백이 피어났다

우리의 시간 향수하려 쓰인 문장

바라고 바란다 화석 되어 불변되길

또 한 번 아픈 이별이 불청객이 될 땐

슬픔만 지워서 또다시 흑심을

꽃 가꿀 수 있는 사랑노래 부르기를

통과

우리의 시작
서로 통한다며
이끌리더니

우리의 마지막
관통돼버렸다
너무 뻔한 관계로

가시

이 가시나야

이 가시 나야

띄어쓰기 하나에

낮잡아 부른 미움이 되고

왠지 모를 안쓰러움이 됐다

그래야겠다

그 어떤 이도 띄엄띄엄

보아서는 안 되겠다고

아픈 가시의 사연이

가해자가 되면 안 되니깐

간절

바람처럼 넌 떠났는데
바람 불면 난 떠다닌다

그러다 휘몰아 치면
바램 되어 그리운다

바램이 바람 되어

빚쟁이

헤어졌다
다시 하나 될 수 없이 치명적으로

떨어졌다
그 사람과 나사이 천사를 두고

죽어졌다
헤어짐 하나로 인생을 잃은 듯
추락처럼 떨어진 듯

남겨졌다
평범한 일상조차 구겨지게 만든
나의 모자란 어리석음만

두 사람은 평생 함께할 것을
맹세합니까 라던 빛나던 대답 대신

갚지 못할 미안해만 빚이 된 채

외눈박이

사랑에 눈이 멀었습니다
당신은 멀게만 느껴진 채
짝은 어디에도 없이 눈 가렸고
사랑은 갈망에 눈떠 버렸으니
외로움을 가진 마음으로는

그 어떤 날도 반은 감겨 버리네요

벤치

앉았던 곳인데
마음은 일어서질 못합니다
늘 그곳에 함께였던
우리라는 그때에 늘 쉬고 싶으니
온기 있던 그대가 나의 그늘이었던 탓에

내 마음 그늘진 채 벤치만 뜨겁게 바라봅니다

눈

눈이 온다
싫다 눈이
생각해 봤다 눈이 싫었던 이유
눈이 와도 같은 눈을 바라볼 이가 없었구나

방금 문자를 보냈다 눈이 와요 라고
눈은 싫은데 눈이 와요 라는 말은 참 좋다

지금 그녀도 눈을 보고 있다
눈이 와줘서 고맙다

아주 잠시 눈이 왔었는데
그래도 한 사람은 나와 같은 눈을 봤다

그걸로 됐다

재배

콩 심은 데 콩 나고 팥 심은 데 팥 난다
눈물 난다 널 마음 추억으로 심었더니

"한 땐 사랑을 심고 웃음이 났었는데."

무모

그런 일 하나 꼽습니다
하늘님이 제게 그녈 주신 기적
더 나은 사람에게 기척 주지 않으신
자애로움 결국 이별되었습니다
이젠 무모 아닌 부모 된 마음으로
그녀 잘 보살펴 주십시오
제 이별이 무모하지 아니하게

꾀꼬리

암수 사이좋게 노니는 모습에

웃음이 나지 않은 것이

시간을 거슬러서부터 였었구나

유리왕의 한 사람을 잃은

황조가의 애통함

깊이를 헤아릴 수 없을 만큼

슬픔은 최고조에 다다랐겠지

난 당신이 하늘 아래 함께 있어도

죽은 듯 지내는 사이라

꼭 꼭 숨어서 당신을 노래할 수밖에

그대 마음 다시 찾을 수만 있노라 하며

내 울음 헤아릴 수 없이 최고조에 다다랄 듯이

낮나무

인생의 낮 같은 시기에
하나쯤은 심었던 꿈나무

우리가 자랄 키만큼
꿈의 가지도 주렁 해서

무엇이든 꿈꾸면 뻗을 거라
의심하지 않았던 긍정의 나날들

계절이 지나 세월에
꿈이 베이고 나서는
낮은 저물고 밤이 왔을 때

베인 상처가 약이 된 나무는
낮나무에서 결국 난나무가 된다

두드러져 보이게 우러러나 보이게

불면증

낮은 길어졌는데
민낯은 짙어졌다
해의 온기는 따갑더니
새벽 공기는 뜨거웠고
안색이 흐려질수록
집중력은 뚜렷해진다
들리지 않던 초심 소리
새어 나오는 폰의 조명
감각이 예민해질수록
세상은 예리해져 갔다

꽃가루

봄도 아닌데 가루가 날린다
흰 재로 태어났다 할미가 된 꽃이
남은 이들의 인생은
봄이길 바라는 고운 마음 씨앗을
흩날리게 품고서

안부

무소식이 길어지길
벼락같은 소식에 요절날까 두려워서
언젠가 꼭 한 번은 그럴 리가 하는 날이
안부 되지 아니하길 소식 빈다
불효의 마음 어둡게도
난치병을 위장한 불치병
입은 있어도 수화만 해대어서
그 무게감은 무소식이 대신했다
붉은 사랑을

궁궐 밖에서

호화롭지 못했어도

나날이었던 평화

어버이의 품 안에

모두는 왕족임을

혼밥이라는 이름 앞에

떠올랐다 평온했던 궁궐이

앞에

싫다
사랑 앞에
용기 없는 내가
늘 아픈 결말의 몫이
내 것이 될까 봐
비겁해도
비참하지
않겠지
이별 뒤에선

백색왜성

별도 생명 다하기 전
빛을 발한다 했는데
이 별과 생을 다하기 전
난 빛을 면할 수 있을지
확실한 건 빛보다는 빛이
발하기 쉽더라는 것

아침

밤새 잠든 시간 홀로
새벽을 숨죽여 밤새고도
지친 기색 없이
내비쳐준 밝은 표정
바쁜들 모두 분주해서
눈길 한번 주지 않는다
이른 아침에겐
끓어오르겠다 서운한 맘 차갑게

내쉬는 아침 공기 차디찬 사유만큼

반려동물

소소한 행복을 위해
길들여놓고

길에 들여놓고 오는
만행만은 제발

소행처럼 만행이
유행이 되지 말길

부디

안됨

되지 해 라 했죠

올해는 다 될 거라던 희망들

나 나쁜 사람입니다

꼭 한 사람은

그 사람과 잘되지 않길 바래서요

내 이기심만 돼지가 됐나 봅니다

해해해

꿈

큰 꿈은 작은 실천이
꿈틀 돼야 꿈쩍된다
꿈을 크게 가지기보다
자세히 가지려다 보면
큰 꿈을 가져다줄 거야
그리고 현실이 되는 날
난 누군가의 꿈이 된다는 걸
잠꼬대라 생각지 말자

평범한 하루

떠올랐다 소란한 청춘 지날 때쯤

특별함을 꿈꾸고 나서야 알게 되는 한 가지
평범할 수 있는 게 꿈같은 일이었구나 하고

특별함은 평범했던 오늘이 모여
각별한 내일이 된다는 걸

순탄치 못한 분주한 젊음을 겪고 나서야
차분할 수 있는 하루가
특히나 필요해지더라는 것

이건 부정 못하겠다
매일이 평범하길 바라는 건

난 소심해졌고 겁이 많아졌다는 것
긍정적이진 않으나 긍정해야 된다라는 것